午後淡水紅樓小坐

《曾美玲詩集》

·曾美玲 著·

吳晟序

午後讀詩

盛夏的午后，在自家庭院樟樹下，偷得浮生半日閒，專注賞讀曾美玲即將出版的新詩集《午後淡水紅樓小坐》，清涼的樹蔭，消褪了天氣的炎熱，沉浸在詩集中散發出來的清淡詩味，則恰似涓涓泉水流過心靈，渾然忘卻暑熱。

我和曾美玲相識，有一段詩學與詩教的美好因緣。

二〇〇〇年初春，雲林縣斗六市正心中學二位很有文學氣質的年輕女老師向新榕和許芝薰來到我家，商討她們要籌辦全校新詩大賽，分國中組、高中組，邀我擔任評審並提供意見。

「新詩大賽」名稱十分特別。這項校內「新詩獎」年年如期舉行，每年邀請三位校外詩人擔任評審。從第一屆到今年第九屆，曾美玲和我都是當然評審，未曾缺席。就是說，我們每年至少聚會一次，並藉由評審面對學生公開講評詩作，彼此可以切磋詩學見解。

至少，表示還有其他見面機會。例如我曾應邀到她任教的虎尾高中演講，和學生互動十分熱絡，印象至深；最巧合的是，某個假日，我和家人難得去古坑咖啡區步道走走，山徑上正巧遇到曾美玲和她溫雅體貼的先生林金鍊老師，也來踏青，免不了閒談一番，覺得特別有緣。

我們的交往不算密切，卻維繫著以詩會友的同好情誼，平淡中自有另一番親近。曾美玲任教於虎尾高中，雖然是英文老師，但平日也很熱心文學教育，二〇〇六年建議「新詩大賽」擴大為正心和虎尾二校聯合舉辦，協助向新榕負責二校聯繫，對詩學傳播、詩教推動，有很大的實質助益。

傳播詩學，推動詩教之餘，曾美玲更「身體力行」，創作不懈。

二〇〇〇年我和曾美玲相識這一年，她出版了第二本詩集「囚禁的陽光」。相識八年後，她又端出了更圓熟的創作成果，我很高興有機會先品嚐為快，寫幾句讀詩心得。

這本詩集大致上按主題內涵分成六輯，一輯「向日葵」十一首；二輯「旅行」十一首；三輯「讓我們一起去賞雪吧」十三首；四輯「相對論」十六首；五輯「還記得只是昨天的事」十五首；六輯「一位詩人的畫像」六首，總計七十二首。

將近八年的時光，總計得詩七十二首，平均每年十首左右，創作量不算多，卻詩心綿密，持續不輟。

生活中有詩，詩也是來自生活。據我所知，曾美玲家庭美滿，工作稱職，是標準的幸福女子，因此，為人妻為人母為人師的情感，自然而然成為她綿綿不絕的創作題材。如輯五「還記得只是昨天的事」最具典型，充分發揮女性特有的纖柔心思，將「平凡人」的普遍情感，表現得十分深刻動人，引起共鳴。

不過，曾美玲並不「耽溺」在自己的幸福之中，反而能夠將心比心，敞開胸襟，於輯二「旅行」出發，不斷延伸社會關懷、擴大生命同情，如輯三「讓我們一起去賞雪吧」，有多篇對不幸的不捨、對不義的「道德勸說」，對島嶼忍不住的關心，特別動人心弦。試舉「新生的彩蝶--致林奐均」為例：

後來讀到你的消息
從「你是我最愛」CD與書本的告白
閱讀朵朵比百合純潔比陽光燦爛的笑容
聆聽曲曲比流水清澈比微風溫柔的歌聲
帶領著整座島嶼
告別遍體鱗傷的歷史
走出苦難打造的年代

而現在的你彷彿新生的彩蝶
以血淚的見證
以天堂的歌聲
耐心喚回
迷路的眼睛
日夜擁抱島嶼的心臟

這樣可貴的情操，我相信是源自曾美玲單純良善而無私的本質。

從「囚禁的陽光」延續下來，曾美玲擅長短詩之作，意象晶瑩，頗富巧思和詩趣，並有多方體悟，耐人咀嚼，如輯一中的「知音」：

（一）雲

忍不住停下腳步
相對無語
深情交換
寂寞的
詩

（二）詩

寂寞嘆息的子夜
鄉愁吟唱的黃昏
靈思漫舞的清晨
共譜一曲曲
未完成的
夢

（三）夢

有一句真心
羞於寫成
鏗鏘的詩
有千行牽掛
不忍負荷
蕭灑的雲
便輕輕折疊
揣在懷裡
趁夜色，溜進你

熟睡的夢境
逐字
吐露

既有各自獨立的意境，也可見到緊密連繫、環環相扣的安排。

其實視題材而定，曾美玲也有不少「長作」，如「新生的彩蝶－致林奐均」，又如「海鷗」、「讓我們一起去賞雪吧」，結構完整，敘事流暢，展現了恢宏而莊嚴、悲天憫人的氣度襟懷。

詩如其人，曾美玲個性良善單純，她的詩句也是簡潔直接、語意清晰，無論短句或長句，不含混、不矯柔、不故作高深，卻處處可見情感真摯流露、音韻自然順暢，自有清淡而深遠的韻味。

曾美玲出身外文系，文學涵養根基深厚、視界廣博，更重要的是她對人世始終如此多情、詩心飽滿，相信繼續創作，必能感動更多「平凡人」的心靈。

蕭蕭序

小坐後的小小悟得

——讀曾美玲《午後淡水紅樓小坐》的〈相對論〉

曾美玲是葡萄園詩社同仁，已經出版了三冊詩集：《船歌》（台北：葡萄園詩社，一九九五）、《囚禁的陽光》（台北：詩藝文出版社，二〇〇〇）、《曾美玲短詩選》（香港：銀河出版社，二〇〇四）。二〇〇八年又要推出她的第四本詩集《午後淡水紅樓小坐》（台北：秀威資訊科技公司），每隔個四年、五年就有一部詩集出版，表示她對詩與美的愛好、欣賞與創作，持續不懈，永恆如一，真正詩神所疼惜的好女兒。

特別強調她是葡萄園詩社同仁，因為長期以來葡萄園詩社被認為是語言明朗、詩意清晰的代表，曾美玲喜歡書寫秋天、向日葵、母女之愛、師生之情，這些詩作都有葡萄園詩社的共同表徵。曾美玲所使用的語言就是凡常的散文、日常的口語，清澈見底，一讀通悉；不過，如果這就是詩，詩與散文也就沒什麼兩樣了。詩與散文最大的不同是：詩有事物發生過程中最緊要時的機智，語言背後或事件最後的驚喜，試看她所寫的〈木棉樹〉：「站在早春的街道／東張西望，一株／焦灼的／木棉樹／／穿透灰暗的／水泥叢林／我聽見群花／朵朵／爆裂／／撥開雲層／輕輕喚醒／囚禁的陽光」（《囚禁的陽光》，頁二十四～二十五），「早春」的時間點，點出木棉樹開花的時期在清明前後；「焦灼」，呼應著植物在「水泥叢林」間的不自在，為木棉樹花開的「爆裂」埋下伏筆；「朵朵／爆裂」分行書寫，讓我們感受到木棉花盛開的簇簇紅豔，處處醒目。這些都是葡萄園詩社同仁引人的共同優勢。但曾美玲卻在最後一段，以撥開雲層、喚醒陽光的天體大象，暗喻小小木棉的開放，令人驚豔；而且，所謂「喚醒囚禁的陽光」有著更深一層的哲學暗示，呼應第一行的「春」字，呼應人生智慧的春喜與希望。——這就是「詩心」。有著這一分「詩心」，再平白的詩，都有令人再三咀嚼的滋味。

最早的一冊詩集《船歌》中，曾美玲對「詩」的感覺充滿少女的童真與夢幻：「我願雙手化做金翅膀——／以白雲為家，彩虹是搖籃／笑看雨妹沿銀河飄落／揉散綠樹青山的寂寞／聆聽風姐輕歌妙舞／矜持的水仙都羞紅了臉……」（《船歌》，頁十～十一）。這種「家」、「搖籃」、「雨妹」、「風姐」的倫理觀，延續發展出來的師生倫理、社會第六倫的關懷，一直是她的生活信仰、生活重心，是她寫作相當重要的內涵，以後的各冊詩集無不依此信仰弧形展開，《午後淡水紅樓小坐》看似悠閒的詩集，念茲在茲，仍然心繫於此。至於她所應用的意象「金翅膀」、「白雲」、「彩虹」、「銀河」、「綠樹青山」、「水仙」，洋溢著浪漫氣息、天真心意，顯示著心地快樂無邪，生活幸福如意，成為她詩中永遠不變的基調，也為讀者帶來閱讀的樂趣與滿足。

不過，在同一冊詩集中，曾美玲也認為詩是「伸手揭開／覆身的細雪／逐字推敲／冰封的心事」（《船歌》，頁六十八～六十九），她認為這樣細膩揭開的心事，有可能在歷史幽深的長廊，站成一盞溫柔的小燈，指引後人踱向永恆的智慧。在〈寫作〉這首詩裡，她強調寫作是「播種思想的文字」，可以隨時與自然展開精彩的對話（《船歌》，頁七十九）。所以從第二本詩集《囚禁的陽光》發展出〈相對論〉組詩作品，令人激賞，其內心深處的睿智與意象應用的成功，隨處顯現高妙。

《囚禁的陽光》第二輯〈相對論〉一開始即推出二十四首，《曾美玲短詩選》也有十八首（其中六首與《囚禁的陽光》重複），最近的《午後淡水紅樓小坐》新寫十六首，總共五十二首〈相對論〉，除了展現前面所言及的女性心思的浪漫與細膩、天地風雲全然網羅的意象之宏偉與豐美，曾美玲的〈相對論〉更呈現台灣新詩壇罕見的哲理性，這樣的哲理性是以婉約的意象，啟人心智，令人折服。

最早出現的七首〈相對論〉是〈玫瑰與小草〉、〈生與死〉、〈愛與恨〉、〈沉默與言語〉、〈工作與遊戲〉、〈英雄與美人〉、〈山與雲〉，以組詩的方式發表在一九九六年八月十五日的《葡萄園》詩刊一三一期，從題目已可看出內涵之包羅萬象，理性與感性兼具的詩哲形象。

以第一首〈玫瑰與小草〉來看：

無知的玫瑰
炫耀短暫的青春
謙虛的小草
靜享豐美的大地

——《囚禁的陽光》頁三十五

對比式精美的詩句，對比式悟得的哲理，真是以最經濟的語言，含蘊最豐厚的人生體驗。玫瑰雖美，青春卻短暫；小草雖不起眼，卻佔滿大地，豐美無限，彷彿無人可以與之相比相爭豔。如果此詩有缺憾，那就是太早判定玫瑰的「無知」，小草的「謙虛」，若能讓玫瑰、小草自己演出「無知」或「謙虛」，讓讀者去想像那畫面，去悟得背後的含蘊，那就更為高明了！

相對於第一冊詩集《船歌》充滿少女童真與夢幻的詩觀，〈相對論〉裡的〈沉默與言語〉卻從相對的觀念裡理出一條耐人沈思的詩路：

沈默是含苞的花
言語是盛開的花
至於半開的花
是一首耐讀的詩

——《囚禁的陽光》頁三十八

西方詩人認為：詩在門半開半闔之間。曾美玲這首詩呼應了這種說法。詩，不要開門見山，不要單刀直入；詩，不要費人疑猜，不要艱澀無解；曾美玲這首詩應和了葡萄園詩社長期以來的堅持。「半開的花是一首耐讀的詩」，正是古人所說的含蓄之美。曾美玲的詩觀，從夢幻的風月，進入了沈思的世界，讀者可以跟著她一起讚賞天地的遼敻、廣遠，一起思索生命的花開、花謝，以及遼敻、廣遠之中，花開、花謝之間，那種迷離的情節。

到了《曾美玲短詩選》，詩人的詩觀可以看見「現實」的介入：「現實是一根繩子／把肉體緊緊綑綁／幻想是一對翅膀／將靈魂悄悄釋放」（《曾美玲短詩選》，頁八～九），仍然是相對的現實與肉體、幻想與靈魂，詩，卻是在無法盡如人意的現實裡，唯一可以將靈魂從肉體中完全釋放的那種無可比擬的能量。因此，在這冊詩選裡，我們隨著她的詩，悟解了繁華的世界容易迷失方向，寂寞的夢境卻可以找回真我；循著她的詩，在朝陽的誕生與夕陽的消逝間，我們體會人生的無常；跟著她的詩，我們在詭譎的黑夜叢林裡，深信可以尋找到上帝平靜的祝福。

〈相對論〉的創作，到了《午後淡水紅樓小坐》詩集中，完全拋除佈道、說理、訓諭、教誨的意味，完美的詩的新境界展佈在新的〈相對論〉裡。以寫於二〇〇一年的〈快與慢〉作對照組，〈快與慢〉這首詩還殘存著一絲絲急於分享的躁動，但值得讚嘆的是「日月對比」所形成的：「不刻意說服讀者，讀者卻在不經意中被說服」的力量。

> 快是盲目的生活
> 一路追趕無情的太陽
> 慢是清醒的靈魂
> 靜靜享受詩意的月光
>
> ——《午後淡水紅樓小坐》頁一二一

追啊趕啊是二十一世紀都城緊張生活的寫照，「無情的太陽」代表著嚴酷煎熬的日子無意義地流逝，已經足以引起讀者警惕；接著的「詩意的月光」更加引逗讀者嚮往那種靜好的歲月、悠然的心境。

至乎二〇〇四年十二月所寫的、最新的四首〈相對論〉，則是首首精彩。首先選擇「以詩論詩」的〈窗內與窗外〉：

仰望窗外茫茫夜空
詩人耐心垂釣星星眼波的寂寞
俯視窗內幢幢人影
星星意外挖掘詩人心窩底溫暖

——《午後淡水紅樓小坐》頁一一七

以此對比早期的詩觀：詩是「伸手揭開／覆身的細雪／逐字推敲／冰封的心事」」，〈窗內與窗外〉這首詩確然可以看見敻遠的心懷，人天的互動，含蓄地表達「詩」所能給人的暖意，也揭露「詩人」創作時的寂寞與努力。

其次再看〈天空與大地〉，以油然作雲、沛然下雨的「雲」「雨」關係，繫連天空與大地，又負載著人間的離愁、相思，精彩處令人窩心而動容。

大地請白雲幫忙
遞送一封封負載離愁的信箋
天空託雨滴回覆
轉達一行行刻畫相思的心事

——《午後淡水紅樓小坐》頁一一八

台灣新詩的歷史發展，充滿著共構與交疊的現象，曾美玲的〈相對論〉也呈現出人天共構與交感的傑作。是因為「午後」的悠閒，還是因為「淡水」的海天遼闊？是因為「紅樓」的古典，還是因為「小坐」的冥想收穫？

二〇〇八年七月　**寫於明道大學濁水溪畔**

目次

第五輯 141

第六輯 185

後記 201

第一輯

向日葵

向日葵

日夜揮舞，逐夢的手臂
高高仰起，新生的臉龐
一群阿波羅鍾愛的子民
始終挺直純淨腰桿
擷取智慧的光源

剎那間，你們化作
一團團火燄的意象
一波波海浪的旋律
伴隨熱切呼吸 澎湃情感

排列金黃的詩篇
合奏大海的交響

恍惚中，再度邂逅
失意的梵谷
頂著害羞的紅髮
頂著瘋狂的烈日
抹掉現實
灰暗的色彩
牢牢握緊短暫生命
迅速捕捉
瞬間燦爛光芒
而你們始終活著

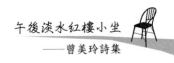

一群微笑的小太陽
穿越百年孤寂
穿越冷漠人心
永遠照耀著
在不朽的畫作裏
在無名的鄉野間
在詩人朝思暮想
迢迢的夢土上

二〇〇三年十一月

後記：本詩榮獲九十三年度「詩人彭邦楨紀念詩獎」創作獎。

致最後一葉

——讀美國作家歐亨利名作「最後一葉」有感

你是最陽光的武士
手持正義的寶劍
將侵犯女孩潔白身軀
散播死亡毒菌
黑色的病魔
一一擊退

你是最春天的舞者
無懼於秋風肅殺的脅迫
無懼於冬雨淒切的流言

在女孩飄滿枯葉
刻劃絕望的眼睛裡
迴旋著綠色的舞姿
迴旋著生命的禮讚

你是最永恆的圖畫
在老畫家傾注關愛
舞動熱情的筆觸裡
懸掛著不凋的祝福
那朵朵即將熄滅的希望火花
那頁頁含淚祝福的青春記憶
奇蹟般
瞬間甦醒

二〇〇六年十二月

蝸牛與蝴蝶

扛著家的重擔
日夜爬行
為生活奔波
向現實低頭
失去一整座天空的蝸牛
忽然想起童年的願望
渴望長出
夢的翅膀

載著華麗的夢

四處流浪
穿越虛無的風
穿越沉重的雨
找不到小小歸宿的蝴蝶
也忽然想起童年的願望
渴望打造
地上的家

二〇〇五年一月

橋三首

（一）獨木橋

隱居無名的深山
耐心等候
知心的眼睛
停駐　垂釣
那輕輕流出內心
深深倒映湖水
萬年的寂寞

（一）吊橋

搖晃著清晰模糊的風景
搖晃著沉重輕快的足跡
搖遠了前人的嘆息
搖近了來者的歌聲
總在半醉半醒間
招來愴然涕下的旅人
共飲一宇宙的
蒼涼

（二）天橋

默默負載
千千萬萬放逐市街

雜沓的腳步，一路追趕
無情的朝陽與夕陽
追趕閃爍不定載浮載沉
城市的繁華與虛空

趁夜色，伸手摘取
朵朵星星笑語
送給無眠的旅人
陪伴著結冰的夢想
陪伴著沸騰的鄉愁

二〇〇五年六月

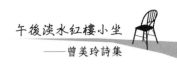

彩虹

把握短暫的生命
在天空無垠的畫布
毫不遲疑
盡情揮灑
紅色的青春
橙色的歡樂
黃色的自由
綠色的希望
藍色的憂傷
靛色的靜謐
紫色的智慧

化作一座通往天堂的橋
流成一條渡向永恆的河

二〇〇二年三月

秋雨

揮別青春的紅焰
揮別昨日的輝煌
你瀟瀟灑灑走來
一路吹弄
清瘦的蘆笛

終於卸下
盛夏濃妝的面具
走出滂沱的往事
走出憂傷的深巷

疏疏落落的眼神
重新描繪
遼闊的天空
縹緲舒緩的步履
任意捕捉
淡泊的雲影

吹弄寧靜的小調
吟哦忘情的詩行
你瀟瀟灑灑離去
一路揮別
亙古的蒼涼

二〇〇〇年十月

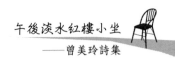

知音

（一）雲

追趕星星月亮太陽
負載希望的光
悲傷的淚
現實的道路上
偶然撞見千年
流浪的雲，綻放
滄桑刻劃的笑容
想起那群

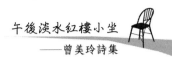

高談闊論的理想
忍不住停下腳步
相對無語
深情交換
寂寞的
詩

(二)詩

那不是偶然的
邂逅，如雲之無心
翩翩然，你來赴約
揣著前世永不凋萎

珍珠的誓言
億萬顆滄海的淚
寂寞歎息的子夜
鄉愁吟唱的黃昏
靈思漫舞的清晨
共譜一曲曲
未完成的
夢

(三)夢

有一句真心
羞於寫成

鏗鏘的詩
有千行牽掛
不忍負荷
瀟灑的雲
便輕輕摺疊
揣在懷裡
趁夜色，溜進你
熟睡的夢境
逐字
吐露

二〇〇七年五月

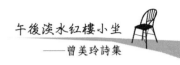

斷背山

那是一座隱蔽的山丘
真愛的記憶深埋
山丘堅毅的守候
只有悲傷的眼睛看見
真愛鏗鏘的告白
只有寂寞的耳朵聽見

那是一座隱蔽的山丘
青春的幻夢暗藏
放牧的心伴隨藍鵲

閃爍翻飛
暢飲的夜啊！放縱的歌聲
拍醒山崗沉沉的鬱悶

那是一座隱蔽的山丘
年復一年，日復一日
守護
漂泊不定
偶然交會
兩朵疲憊的孤雲

那是一座隱蔽的山丘
悄悄地，把它剪下
回憶的歌聲

思念的淚光
貼在夢境的入口
夜夜牽引

二〇〇六年四月

香水百合

曾經
我是瓣瓣
璀璨的靈思
天真翱翔
戀人的眼眸
雪白的誓言
鏗鏘朗誦

曾經
我是朵朵

芬芳的詩句
溫柔叩訪
戀人的夢境
暗藏的思慕
堅貞吐露

而現在，甘心化作
一縷香魂
戀人的窗口
夜夜徘徊

二〇〇八年一月

海鷗

曾經我是一隻拙於飛翔
憂傷的海鷗，默默告別
親愛的父母熟悉的鷗群
告別千千萬萬嘲弄、懷疑
冷冷的目光，
肩負鐵鑄十字
放逐於孤獨守候寒星相伴迢迢的山崖

起初，不時流淌灰色淚滴
像無依無靠 一朵孤雲

心底堆滿青春的困惑 生存的問號
漸漸站成守候的礁岩
任時間的巨浪無情襲擊
任命運的狂風肆意鞭笞
潮落潮漲 日思夜索
最終的答案

不知何時，一聲神秘的呼喚，
自碧空深處翩然降落
喚醒沉睡心底蟄伏千年築夢高飛之意念
掙脫現實鎖鍊
逃離小我囚籠
告別昨日之日今日煩憂
在天空巨型的練習場上

反覆忍受失速、墜落、撞擊
種種必要之劇痛
勇敢地飛翔

現在的我，返回鷗群的家鄉
演示簡單複雜飛行技法
帶領年少海鷗追趕日月
如何超越極限穿梭時空
時而憩息悲歡記憶
賣力書寫酸甜澀苦
虛幻卻真實的人生

有朝一日，我將再度遠行
穿越千頃煙波萬里長空

穿越風雨盡頭生死邊界
化作無牽無掛一抹閒雲
化作無色無形一縷輕煙

二〇〇五年五月

秋之思

回音

穿越喧囂不休的盛夏
冥想早秋靜謐的容顏
髣髴從人聲鼎沸的鬧市走過
忽然聽見心底
空　空　洞　洞
真實的回音

夕陽

緩緩降落海平面
一輪平靜的夕陽
褪去一身華服
於夏秋交替之際
深刻鋪陳
樸素的情節

秋月

一面虛心的明鏡
看淡愛恨糾葛
朗朗照見
清明的本性

稻穗

成熟的稻穗
最懂得感恩
默默低下頭
向哺育它們的
大地之母
行禮致敬

楓葉

如果說，秋天是一位
苦思的詩人
楓葉便是他
傾注畢生心血

可歌可泣的
代表作

蘆葦

遠離紛擾紅塵
溪邊靜坐沉思
萃取天地之精華

神態安詳自在
柔軟的白髮
任西風閒閒吹拂

二〇〇〇年六月

第二輯

旅行

旅行

(一)出發

總是放不下
現實的重擔
日復一日
踩著蝸牛緩慢黯淡的腳步
就讓身體靈魂
同時出走吧
什麼也不攜帶

除了一顆
白雲的心

(二)途中

騰空的心
四處收集
一疊疊
陌生又熟悉
熱鬧的風景
寂寞的笑容
編一段故事
寫幾行詩

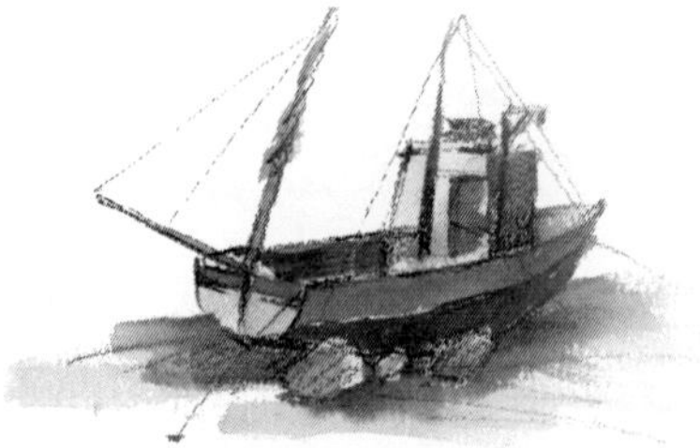

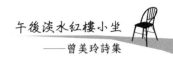

或者，什麼也不多想
站成一株凝望的
樹

（三）終站

真想躺下
什麼也不懸念
像初生的小草
緊緊擁抱
大地的母親
沐浴夕陽的溫煦
抵達終站的

那一刻
終於流下
幸福的淚

二〇〇七年七月

搭火車

小時候
滾動兩隻盛滿好奇的眼珠
抓緊媽媽的手
搭乘童話列車
微笑展開冒險的旅程
穿越隱藏月光寶盒的山洞
穿越披上白霧面紗的田野
一路搖搖晃晃
搖向外公外婆熟悉的呼喚

長大後
滾動兩隻盛滿夢想的眼珠
收拾媽媽的話
搭乘青春列車
含淚追逐流浪的風聲
穿越閃爍雷電警語的黑夜
穿越懸掛陽光祝福的白晝
一路彎彎曲曲
奔向夢幻城市陌生的呼喚

等到老年
滾動兩隻盛滿回憶的眼珠
溫習媽媽的心
搭乘告別列車

驀然回首變幻的風景
穿越車輪下飛逝的歲月
穿越天地間綿延的靜默
一路平平緩緩
直抵生命終站神秘的呼喚

二〇〇四年十二月

午後淡水紅樓小坐

像一艘載滿故事的
船，疲憊停靠
深秋的河岸
匆匆行囊
閒閒掛起
且握一壺茶的
心事，沉默啜飲
鄰近山色

時而雲霧遮蔽

似理不清的愛憎糾結
解不完的生死謎題
走不出的困惑迷宮
更遠處，河的盡頭
大海不發一語
凝神
諦聽……

而當黑暗無聲敲叩
乍見對岸燈火
朵朵綻放

二〇〇七年十月

給愛河

清晨的妳
彷彿低頭的少女
蒙上薄霧的面紗
暗暗流動著
粉紅色花朵的夢

正午的妳
彷彿迴旋的舞者
塗抹陽光的細粉
婆娑搖曳著

金黃色青春的歌

黃昏的妳
彷彿愛笑的情人
繫著彩霞的腰帶
輕聲吟哦著
深紫色相思的詩

夜晚的妳
彷彿守候的母親
划動月亮的小舟
默默擦拭著
銀白色遊子的淚

二〇〇六年三月

憶墾丁

畢業旅行結束
女兒從墾丁扛回
一簾貝殼的幽夢
掛在餐廳沉默的一隅
熱鬧的陳列夏日南方
遙遠清晰的夢

依稀聽見
金色大海暖洋洋的問候
綠色海風輕飄飄的吹奏

挾帶白沙的宣言藍天的祝福
一排排一波波
融化現實冰封的靈感
一聲聲一句句
喚醒千日沈睡的童心

再度變回
十五歲嚮往流浪的雲
踩著追風的腳步
忙碌撿拾貝殼遺留
遠古的祕密，口袋裡
裝滿小石頭碰撞的歌聲
向神祕的大海拋出
青春的疑問

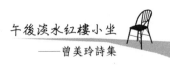

向未知的遠方嘶喊
永恆的憧憬

何時重回思念的海灘
或許，當我年老
頂著滿頭華髮
遙遙追憶
載滿青春願望
閃爍金色夢想
藍色憂愁紅色愛情
浩瀚無邊的海洋
或許，默默託付
遠行的潮水與不捨的夕陽
把人生憾恨歲月傷痕

成功的寂寞失敗的淚水
連同泛黃的詩集
腳邊貝殼幽幽的喟嘆
悄悄帶走

二〇〇四年七月

致梵谷

——遊法詩抄

終於來到亞爾
以朝聖者虔敬的腳步
異地陌生的土地上
一心尋訪熟悉的風景
步步追踪遙遠的年代

麥田依舊斜斜
躺在南風溫暖的懷抱裏
不見萬鴉倉皇飛掠

猜想早已飛入
神秘的星空
連同旋轉的雲朵旋轉的風
極速飛入你永恆的畫中
遙想當年，守著夜晚咖啡館
孤單的角落，守著療養院
沉默的花朵蒼白的陽光
日夜啜飲苦澀人生冷漠眼神
澆不息啊！向日葵溫熱的笑容
踩不盡啊！橄欖樹迢迢的夢土

終於來到亞爾
以朝聖者謙卑的手勢

靜靜地憑弔
靜靜地憑弔……

二〇〇四年八月

訪巴黎聖母院

——遊法詩抄

雙手捧著
被現實擊傷
遭命運操弄
疲憊的靈魂
慎重踩著懺悔的腳步
跟隨燭火明滅的牽引
靜靜地祈禱

鐘樓上，再現加西莫多（註）
扛著苦難的身影
忠心守護
整座城市美麗
憂傷的記憶
而聖壇前暗自垂淚的
角落裡短暫停留的
眼角刻滿人生故事
滄桑的旅人啊
連同整座城市沉睡或清醒的
耳朵，你們都聽見了嗎？

那挾帶沉重嘆息無言抗議
苦悶卑微的願望
　　緩緩墜落又
高高揚起
吶喊的鐘聲！

二〇〇四年十月

註：「加西莫多」為「雨果」著名小說「鐘樓怪人」主角的名字。

聖米歇爾修道院所見
——遊法詩抄

（一）

孤懸海上
一頁滄桑的史詩
終日聆聽潮水規律的漲落
遙遙眺望夕陽例行的道別
千百年來浪花
無情淘洗英雄豪情壯志
惟你是永不斑剝的記憶

在歷史浩瀚的大海中
屹立

（二）

穿越百代光陰
撞見黑衣教士
低頭默念謙卑的禱詞
日夜抄寫
經文的智慧

告別滾滾紅塵
遺忘愛慾糾葛
以救贖的筆
以奉獻的心

時時仰望
上帝的真理

依稀聽見
晚禱的鐘聲
似一句一句
潔白的誓言
自遠逝的年代
飄出……

二〇〇四年八月

註：聖米歇爾修道院，位於法國北部，大西洋中一座孤島上。自羅馬時代開始建造，歷經數百年。此處與世隔絕，平日為修士們服事上帝、潛心清修之地。英法戰爭、普法戰爭時，具重要戰略地位。法國大革命期間，曾被用來囚禁犯人。

雪儂梭堡印象

——遊法詩抄

穿越梧桐樹林
濃密的夢境
遠遠看見
昔日童話城堡裏
永不衰老的黛安娜
比月神更美更精神
騎著白馬奔向前方
也清楚聽見
失寵皇后深深的嘆息

徘徊在城堡
黯淡的角落

光陰無情老去
泡沫般消逝
人間的愛恨
王室的恩怨……
惟美麗的歌爾河多情如故
日夜吟唱滄桑舊事
歌聲悠悠迴盪
一如旅人眷戀的腳步
一如城堡百代的守護……

二〇〇四年九月

註：雪儂梭堡建於一五一三年，本為戰略城堡，後來為波易爾家族所得。法王亨利二世又將其賜給他愛戀一生的情婦——黛安娜。據傳，皇后凱瑟琳因國王的冷落，感到萬分痛苦。亨利二世過世後，他將黛安娜趕出城堡，自己便居於此。

幸福車站
——北海道記遊

終於抵達夢中的車站
夕陽正與年邁的車廂
例行話別
鐵軌兩側成群結隊
喚不出名姓的花草
友善的微笑
遠處，站立
一排
一排

一排排
陌生又熟悉
與世無爭的綠樹
靜默於天地之間

而當古老的鐘聲
遍遍搖響北國
遼闊的黃昏
搖落輾轉起伏
旅途微薄的倦意
生命沈甸的憂傷
隱約聽見
沈睡千年的幸福
自心底眠床甦醒

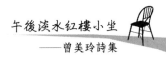

輕脆的笑著
輕脆的笑著……

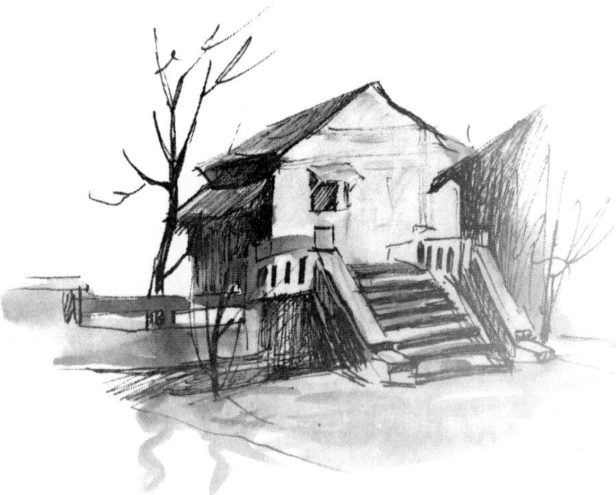

二〇〇五年十月

薰衣草

——北海道記遊

你是無邊無際
夢的海洋
負載千絲萬縷
甜蜜的芬芳

我是尋尋覓覓
流浪的眼睛
化作一艘
回憶的小舟

打撈流逝的歡樂
打撈紫色的浪漫

在陌生又熟悉
北國的初夏
我們悲傷地擁抱
　幸福地流淚

縱然那只是一場
比花期短暫
比夢境虛幻的
重逢

二〇〇八年一月

第三輯

讓我們一起去賞雪吧

讓我們一起去賞雪吧

如果您願意，請放下
爭執時千百種必要的理由
退出互不相讓的辯論賽
讓我們一起去賞雪吧

耐心傾聽
那溫柔謙卑的告白

站在不畏寒風鞭笞
玉山之巔，靜靜擁抱

冰雪的記憶，回望島嶼
動盪歷史，以血淚書寫
熱騰騰的傷痛
懷念母親教過的歌
大地的脆弱與堅強
短暫開放永久停駐
野百合希望的春天
回望濁水溪載不動的悲喜
集體命運搖晃不定
代代模糊又鮮明之愛恨
或許，我們會同時滴落
憂思的熱淚

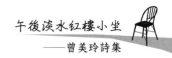

讓我們一起去賞雪吧
看那一朵朵舞蹈的雪花
化作一行行祝福的詩句
化作一串串祈禱的音符
化作一群群善意的天使
帶領我們穿越風的空洞謠言
雲之蠢蠢慾念穿越仇恨
佔領黑暗統轄茫茫荒原
虔誠地跪下，親吻大地母親
滿身污泥陳年傷痕
耐心傾聽島嶼上
雪花般瘋狂或理智的告白
　真實或虛構的故事

悲傷或快樂的情歌
輕鬆或沉重的嘆息
讓我們一起去賞雪吧

二〇〇五年四月

後記：台灣在二〇〇五年三月間下了一場罕見的大雪，從北到南，人們紛紛上山賞雪，謹以此詩記錄當時的心情。

新生的彩蝶

——致林奐均

那年妳八歲
牽著五歲的雙胞胎妹妹
像無憂無慮的彩蝶飛舞在
信義路上
以愛打造，以光鋪設的家
慈祥的阿嬤是永恆的守護神
知心的鋼琴是童年的好玩伴

第一次讀到妳的消息
從各個媒體頭條新聞裏
整座島嶼
提著焦急的心
流淌心疼的淚
祈禱上帝
伸出奇蹟的援手
醫治你接近死亡的傷口
撫慰那驚嚇佔領的靈魂

第二次讀到妳的消息
依然從媒體關切的新聞裏
妳已蛻變，化作青春的粉蝶

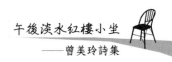

自遙遠的異國飛回信義路上
居住寬恕與祝禱，上帝的家

後來讀到妳消息
從「你是我最愛」ＣＤ與書本的告白
閱讀朵朵比百合純潔比陽光燦爛的笑容
聆聽曲曲比流水清澈比微風溫柔的歌聲
帶領著整座島嶼
告別遍體鱗傷的歷史
走出苦難打造的年代
而現在的妳，彷彿新生的彩蝶
以血淚的見證

以天堂的歌聲
耐心喚回
迷路的眼睛
日夜擁抱
島嶼的心臟

二〇〇五年八月

一隻流浪狗的獨白

路愈走愈長
淚愈流愈乾
拖著日漸消瘦的腳步
我是被人遺忘的影子
飢餓是最忠實的侶伴
寂寞是最真情的告白

有時再見那盞熟悉的燈光
遠遠站在某扇陌生的窗口
親切地招手問候
室內跳躍著歡樂的音符

總是用盡殘餘力氣
哀哀回應
多想加入孩子們
無邪的笑話
天真的嬉戲

路愈走愈黑
淚愈流愈瘦
當飢餓安靜離去
無力闔上回憶的眼睛
終於聽見主人的呼喚
遠遠，自生命旅程的盡頭
喚我回家

二〇〇四年十二月

一棵樹的故事

仰望奧秘滿佈的夜空
小樹苗暗暗許下
比星星繁多，比月亮純潔
閃亮的願望

「期望快快長高
看更遠更遼闊的風景
期盼變成一把大傘，遮蔽風雨
替辛苦工作的人類，阻擋驕陽
期盼爆發火焰般的花朵

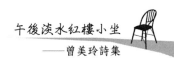

點燃灰暗的靈感，喚醒絕望的意志
期盼化作飛鳥的翅翼，雲霞的彩衣
背負童年願望不停地追尋」

深埋的夢想，悄悄茁壯、長高
在地球小小安靜的角落
付出熱情，奉獻青春
耐心陪伴童年天真嬉戲
聆聽少年飄滿愁思的詩句
且低聲安慰過客悲傷的嘆息

有一天，入侵一隊陌生的人類
驅散晨霧的夢，嚇退雀鳥的歌
談笑間迅速砍斷，頂天立地的

軀幹，流了滿臉疼痛的淚水
碎了一地落葉的心

負載百年悲歡的記憶
老樹倒下，在人間冷漠的角落
揮動著無力的抗議
僅見遠方不捨的夕陽
含淚送別

二〇〇五年六月

掛在樹上的詩

——給新榕

電話中告訴我
妳帶著詩社的學員
把新詩大賽得獎作品
一首一首又一首，熱熱鬧鬧
掛在校園沉默的大樹上
飾以彩帶、雲影、朝陽的微笑

你們小心翼翼
牢牢固定，卻擋不住

風兒好奇的簇擁
我想像他們爭相朗誦
喜悅悲傷的詩句
或趁全校師生來不及細讀前
寶貝似揣在懷裏
四處流浪去了

輕輕掛上電話，腦海中浮現
妳帶領學生認真工作的模樣
像溫柔的媽媽全心呵護
青青的詩魂
像耐心的園丁長期澆灌
文學的秘密花園

而那一首
一首
又一首
掛在樹上的詩
彷彿綻放著
瓣瓣青春的寂寞
朵朵永恆的微笑
在初夏微風輕撫的校園裏
在五月陽光擁抱的天地間

二〇〇四年五月

給老樹

夢裡，踩著無數次記憶的
單車，回到載滿歡笑與淚水
收集陽光、晨霧、枯葉的
嘆息，樹下的童年
倚著慈父般強壯安穩的肩膀
我是你最牽掛撒嬌的小女兒
愛寫詩、看雲、發呆、陪雨
流淚，聆聽綠葉吟唱
春天的故事與詩

扛著流浪的往事
穿越僕僕的風塵
返回變化的家園，多年後
一座座冰冷沉默的建築
投以陌生詢問的眼光
據說你被草草砍伐
運往遙遠的天國
來不及揮手告別
我只能倚著過去
悲傷的哭泣
悲傷的哭泣……

二〇〇五年六月

寶島曼波

(一)狗仔隊

我們是一組
熱愛探險的團隊
隱形於黑暗底角落
手持望遠鏡掃瞄公眾人物
至隱、至陰、至痛之
私密，熱騰騰端上
醒目的頭版

供大眾茶餘飯後
品頭論足

而我們總是躲在幕後
像一群威風凜凜的
獵狗，緊咬傲人的業績
無視於道德
無關乎過癮
日夜追逐於大街小巷
獵殺下一個
重要人物

(二)電視新聞

一則接力一則
沾染血腥與貪慾
塗抹情色與虛擬
泡沫般的消息
揮舞爆料與真相的大旗
像一支支精力充沛的
機關槍
輪番上陣
日夜瘋狂掃射
射出刻滿仇恨和猜忌
黑色的彈頭

射向看不清未來
盲目的眼睛
射入聽不見祝福
悲傷的耳朵
終於射中整座島嶼
沉重的呼吸
脆弱的心臟！

二〇〇五年五月

關掉電視以後

關掉電視以後
喧嘩世界回歸寧靜
從客廳的戰場撤退
到久違的晚餐桌旁

我們搖身變成
認真的演員
一幕幕現場的演出
一句句生活的對白

在虛幻的奶黃燈光下
在真實的人間劇場中

專注吃飯大口喝湯
輕鬆交換白天的日記
溫暖微笑，悲傷流淚
然後，各自走進
耐心等待的書房
靜靜地閱讀

關掉電視以後
推開禁閉的大門
悠閒走出屋外
手牽手踩踏月色

在螢火蟲帶領的
鄉間小路上
搖醒回憶的單車
大聲哼唱
古老的童謠

關掉電視以後
冷漠封鎖疏離佔領
遙遠的心
悄悄地
靠近

二〇〇三年十月

蠟燭

——致現代舞之母鄧肯

之一

掏出滿腔
沸騰的愛
抒寫一朵
流淚的詩
在冰涼的黑暗中
預言光明

之二

靜默中
一抹璀璨的
靈思，翩然起舞
捕捉天地的律動
展現自由的意象

之三

即使只是默默地付出
即使只是小小地奉獻
始終挺直細瘦的身軀
分分秒秒
燃燒
無悔的青春

二〇〇一年四月

地獄與天國

——觀台北民族舞團千禧新作「異色蓮想」

(一)地獄

是非善惡美醜真假
同居在狹小盲目的心田
咚咚鼓聲擊碎寧靜
在宛如地獄縮影的舞台上
飄著一縷縷
哭泣的靈魂
自無情的赤色煉火底層

集體喊出
無助的吶喊

（一）天國

走出前塵舊事
走出愛恨悲欣
跨越善惡的疆界
跨出魔我的交戰
在天國縮影宛如圓鏡的
舞台中，悄然綻放
一株株頓悟的蓮
擎起，擁抱全宇宙的真
自開闊明亮的心湖
自無風無雨的眼波……

二〇〇〇年十月

寶貝，生日快樂！

寶貝，生日快樂！
這是媽咪留下來
第一封信，貼上
朵朵金色的陽光
加瓣瓣蜜糖之吻
媽咪住在遙遠的天國
無法拉著妳的小手，像從前
慎重點燃許願的蠟燭
聆聽粉紅色花朵的願望
但媽咪已將滿腹的禱詞

塞進瘦瘦安靜的信封裏
當妳打開，微笑燭影下
妳會看見媽咪堆疊希望的笑容
也會聽到媽咪飄灑思念的歌聲

寶貝，生日快樂！
讓我再一次緊緊擁抱
哼唱催眠的童謠
聆聽清醒瘋狂的夢想
划著月亮小舟，一邊猜想
星星謎樣的身世
讓我輕聲告白：
在長滿鮮花與荊棘的人生道路上
在灑落淚水與笑語的悲歡歲月裏

媽咪的守護如影隨形
媽咪的祝福永不缺席

寶貝，生日快樂！

二〇〇六年一月

後記：據報導，一位罹患乳癌的媽媽，在臨終前，寫下十二封信，請先生在她八歲的寶貝女兒每年生日那天轉交給她，陪女兒成長。讀之甚為感動，故以此詩記之。

孩子，不要怕

——為南亞大海嘯罹難兒童而寫

孩子，不要怕
讓爸爸握緊
比海水更冰冷的小手
給你陽光的溫暖
陪你走最後一趟
回家的路

昨天，你還在沙灘上嬉戲
和兄弟姊妹快樂打撈

海洋沉默的秘密
像一條條健康活潑的魚
你們衣著破舊，臉上卻掛著
比天使純真的笑容
像往日一般，我和媽媽
一半撈魚，一半聆聽
珍珠的笑語
滾過來滾過去

孩子，不要怕
讓爸爸握緊
飽受驚嚇的小手
牽你回去
我們提著燈籠

把被大海嘯藏起來
哥哥姊姊弟弟妹妹
還有許多鄰家的小孩
一起找回來啊
然後，你們手牽手
跟隨媽媽搖籃的歌聲
跟隨上帝天堂的呼喚
回到永恆的家

二〇〇五年一月

我做了一個夢

——為南亞大海嘯罹難兒童而寫

我做了一個夢
在夢裡，我帶著弟弟妹妹
在沙灘上追逐嬉戲
爸爸出海捕魚，媽媽在家煮飯
突然間，一波波黑壓壓
比棕櫚樹高的巨浪衝過來
把來不及逃跑的我們
吞進大海的肚子裡

我做了一個夢
在夢裡，我被海浪吐出來
胡亂抓住救援的樹幹
在漂滿屍體的大海上
挨餓受凍，奄奄一息
當救難人員終於把我抱起

我做了一個夢
在夢裡，孤零零的身影
躺在陌生的病床上
四周擁擠著傷者哀哀的呻吟
蒼白靈魂日夜嘆息
仁慈的義工媽媽冒著汗
擦拭我忍不住悲傷的淚水

我做了一個夢
在夢裡，虔誠祈禱
也許明天，也許後天
從結冰的惡夢中
驚醒，重新擁抱
爸爸媽媽陽光的笑容
牢牢抓住弟弟妹妹銀鈴的笑聲

二〇〇五年一月

第四輯

相對論

相對論十六首

（一）窗內與窗外

仰望窗外茫茫夜空
詩人耐心垂釣星星眼波的寂寞
俯視窗內幢幢人影
星星意外挖掘詩人心窩底溫暖

二〇〇四年十二月

(一)天空與大地

大地請白雲幫忙
遞送一封封負載離愁的信箋
天空託雨滴回覆
轉達一行行刻畫相思的心事

二〇〇四年十二月

(二)春雨與秋雨

背負前世愛恨記憶
春雨推敲纏綿的詩句
揮別今生悲歡往事
秋雨書寫狂放的行草

二〇〇四年十二月

(四)火與冰

吐出忘我的火
激情熊熊燃燒
吞下清醒的冰
理智冷冷融化

二〇〇四年十二月

(五)青春與衰老

一群青春的歌鳥
熱烈討論未來
一抹衰老的斜陽
冷冷擁抱過去

二〇〇二年三月

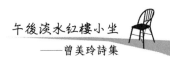

（六）回憶與現實

躲進回憶的被窩裡
流淌串串相思的淚
挺立現實的風暴中
不掉一滴寂寞的淚

二〇〇二年三月

（七）繁華與幻滅

回首繁華的昨日
百花傷心落淚
感悟幻滅的今朝
石頭含笑不語

二〇〇二年三月

（八）快與慢

快是盲目的生活
一路追趕無情的太陽
慢是清醒的靈魂
靜靜享受詩意的月光

二〇〇一年三月

（九）愛神

向戀人的心
你輕輕射出的
是一束束天堂的亮光
是一團團地獄的烈焰

二〇〇〇年十月

（十）死神

握著一把公平的剪刀
面無表情的你
剪斷生死的音訊
剪不斷綿綿的思念

二〇〇〇年十月

（十一）愛情

像窒息靈魂的烈焰
愛情令腳步退卻
像注入生命的活泉
愛情叫眼神盼望

二〇〇二年一月

（十一）夢

自由上演瘋狂的喜劇
有時夢是一座歡笑的大舞台
慷慨接納脆弱的靈魂
有時夢是一棟眼淚的收容所

二〇〇二年一月

（十二）寂寞

奔走於滾滾紅塵
寂寞如影隨形
隱居在靜靜山林
寂寞悄悄離去

二〇〇一年十月

（十四）幸福

追求稀世的珍寶
是虛幻的幸福
把玩平凡的石頭
是真實的幸福

二〇〇一年十月

（十五）火

一場毀滅的大火
迅速吞沒幸福的回憶
一把祝福的小火
漸漸融化悲傷的陰霾

二〇〇一年十月

（十六）靈感

有時候不理不睬
有時候熱情擁抱
靈感是善變的戀人
考驗詩人的愛情

二〇〇一年十月

第五輯

還記得只是昨天的事

還記得只是昨天的事

還記得只是昨天的事
妳們都是來自天堂的嬰孩
眼睛裡閃爍著上帝的祝福
嘴角掛著天使的笑容
天真地依偎
在爸爸媽媽鋪滿溫暖的臂彎裡

還記得只是昨天的事
妳們從爬行、站立到跌跌撞撞
勇敢踩出人生的第一步

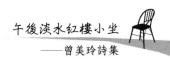

生澀彈奏早春的樂章
花園裡初次飛舞的幼蝶
在爸爸媽媽分秒不離的凝視中

還記得只是昨天的事
妳們才揹起童年的大書包
裝著數不清的疑問唱不完的夢想
忐忑走向小學堂的鐘聲
陌生神秘的召喚
各自加入玩伴們瘋狂的嬉戲

還記得只是昨天的事
而妳們忽然迅速長高
心裡暗藏青春的秘密

寫詩、對鏡、微笑或者哭泣
在升學主義陰暗的夢魘裡
悄悄塗抹一道絢麗的彩虹

還記得只是昨天的事
或許明天妳們即將遠行
像逐夢的船帆終於駛離
家的臂彎航向夢的天涯
或許當妳們偶然回頭
蒼茫的暮色中懸掛著我倆永遠的牽掛

二〇〇二年十月

媽媽

——獻給母親

年輕的媽媽
捧著夢想的調色盤
一筆一畫，小心翼翼
描繪家的明亮輪廓
認真塗抹春蘭秋桂
芬芳香氣
再賣力擠出愛的顏料
畫出一道

飄滿歌聲的彩虹
掛在童年無憂的天空裡

後來啊！媽媽已中年
站成一座守候的山丘
在不斷造訪的夢境中
伸出扶持的雙手
擦乾載滿絕望的淚水
張開安慰的臂彎
擁抱被現實擊傷
遭流言射中
跌跌又撞撞
流浪的雲朵

現在的媽媽
化身慈悲的月亮
陪伴著童年的天空
掛在老家的窗口
白髮的媽媽是永不衰老的
月色，搖醒酣睡的鄉愁
搖醒年少的歡笑與歌聲
在鋪滿未知的明日道路上
在頻頻回首的悲歡歲月裡
溫暖地照耀

二〇〇五年三月

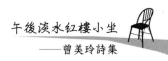

思念

那天，陽光起了一大早
興沖沖跟著我
陪女兒搬進女生宿舍

提著大包小袋衣物用品
提起忐忑的心，搖晃走入
時光隧道，撞見二十多年前
年輕愛笑的那群女學生
像校園裡許多叫不出名字

新生的小花，眼睛飛滿星星願望
暗藏月光般迷濛心事

恍惚變回那隻好學的蜜蜂
不眠地採釀
在深邃遼夐的經典叢林中
辛勤地敲奏
在真實魔幻的報告舞台上
也曾悄悄為愛情拭淚
給夢想插上金色翅翼
刻下一艘艘負載憂愁
維特的詩行……

那天，陽光與回憶
遲遲都不肯回家
一路跟著我，走入
愈走愈長
長滿思念的夜色裏

二〇〇四年十二月

結婚紀念日

一樣的早晨
你準時載女兒上學
帶回初醒的朝陽
沉默的飯桌上
聆聽報紙高聲喧嘩
穿插我例行的絮叨

一樣的黃昏
夕陽載著疲累的我和你
回到忠心等候的家

路上無可避免小小的牢騷
消失在一通恭賀電話裡
「恭禧！今天是你們二十週年
結婚紀念……」
喚醒兩對失憶的耳朵

不一樣的晚上
西餐廳緩緩流瀉
老歌柔情似水的旋律
彷彿回到新婚的甜蜜
童話中新郎新娘
微笑守著月光的誓言
直到現實的鐘聲驚心敲醒……

隔天
我們依然上班又下班
各自踩踏生活超速的節奏
像許多平凡的夫妻
再共嚐一道道人生佳餚吧？
材料是鹹鹹汗水甜甜笑語
佐以詩的美感禪的智慧愛的溫暖
牽手走入夕陽餘暉
白髮吟唱的晚年

二〇〇四年十月

肩膀

寂寞叩訪的清晨
喜歡爬上高山的肩膀
眼睛變成望遠鏡
眺望遠方陌生的
風景，風景外遼敻的
天空，天空中翱翔的
夢想

疲倦侵襲的黃昏
喜歡倚靠大樹的肩膀

耳朵變成聽診器
諦聽熟悉親密的
心跳，心跳時清醒的
獨白，獨白中綿綿的
牽掛

悲傷糾纏的夜晚
喜歡躺臥戀人的肩膀
雙手變成打字機
敲打單調冗長的
故事，故事裏甜澀的
淚水，淚水中真實的
人生

二〇〇五年四月

燭之戀三首

之一

一支癡狂的紅燭
日日夜夜時時刻刻分分秒秒
燃燒每一根頭髮每一吋肌膚
每一塊骨骼每一滴血淚
默默付出青春年華
傾吐微弱卻堅定的誓言
在每一個失眠佔領
寂寞擁抱的夜

之二

遙遙想起
數十年艱難困頓的寒暑
穿越現實風雨
互相取暖，輕聲安慰
一對知心的紅燭
雙雙滴落感恩的熱淚
綻放朵朵
永不熄滅的詩

之三

成千上萬勤於等待的白燭
捧著鏡裏日漸憔悴的容顏

一遍一遍，默念空洞的諾言
一回一回，溫習虛假的神話
終於流盡最重一滴
載滿絕望的淚珠
終於吐出最瘦一口
化作輕煙的嘆息

二〇〇四年五月

牽掛
——一個媽媽的真情告白

整個房間都睡著了
此刻，只剩下桌上那盞
用功的燈和妳疲倦的
眼睛，反覆記憶演練
堆積如山，難解的功課

望著妳日漸消瘦的身影
燈光下蒼白的嘆息
多想張開溫暖的臂彎

緊緊擁抱，輕輕拂去妳
心上沉重的負荷
多想像小時候那樣
聽你哼唱無憂的兒歌
教妳吟誦甜蜜的童詩

但我只能默默陪伴
像千萬萬心疼的母親
重覆同樣無奈的叮嚀
匆匆走回自己
滿載牽掛的睡眠裡

二〇〇三年四月

親親，繼續彈奏清晨的樂章

——寫給女兒語軒、語儂

親親，繼續彈奏清晨的樂章
讓家的每個角落注滿
流水的旋律活潑的鳥聲
細細滌清耳朵裡沉默的汙垢
細細滌清眼睛內悲傷的微塵

親親，繼續彈奏清晨的樂章
讓家的每扇門窗招引
蜂蝶的舞姿朝陽的禮讚
悄悄打開童年的記憶盒子

悄悄潛入歡樂的祕密通道

親親，繼續彈奏清晨的樂章
鏗鏘的節奏透明的音符
輕輕呼喚　腦海中遺忘的詩行
輕輕呼喚　心深處朦朧的夢境

親親，繼續彈奏清晨的樂章
塗抹天堂的顏色
讓家的每雙眼睛流淌幻想
伴隨永恆的歌聲
讓家的每顆心靈飛翔真愛

親親，繼續彈奏清晨的樂章

二〇〇一年九月

女兒的房間

不知是第幾次了
走進妳們離家後
突然安靜的房間
角落的鋼琴
耐心等候著
妹妹熟悉的彈奏
照片中跳舞的姐姐
喚醒某段童年的甜蜜
留在書架上，沒被帶走的
書本與回憶
相互靠近取暖

不知是第幾次了
恍惚又聽見，瘦瘦的枕頭上
擠滿了比鳥聲清脆的笑語
比流水激昂的爭辯
恍惚又聽見
暖暖的被子裡，躲藏著
成長的淚水酸甜的夢，以及
比月光安靜，朦朧的
秘密

不知是第幾次了
走進昔日嬉鬧的房間
一遍又一遍，打掃往事的塵埃
一回復一回，徘徊思念的迷宮

二〇〇七年十月

年夜飯

自記憶的爐灶
端出三十多年前
母親以耐心烹煮
拿愛心佐料
一道道熱騰騰
攪拌幸福的
家鄉菜

餐桌上
堆滿母親月亮般
銀白的笑容

父親陽光的垂詢
時而跳躍著，我和弟弟們
比蝴蝶輕盈，比鞭炮喧鬧
比天空遼闊奔放
青春的話題
細細咀嚼團圓的菜色
大口吞嚥祝禱的湯汁

三十多年後
那年菜的芳香
那笑談的往事
依然自記憶的
爐灶，暖烘烘地
飄出……

二〇〇六年六月

雞冠花

安靜地蹲在
童年的竹籬笆旁
忠心守護老家的
晨昏

黑暗阻隔的道路上
白霧遮蔽的歲月裡
閃爍簇簇，永不熄滅
鮮紅的
希望

二〇〇六年三月

一位中學生的週記三首

(一)今天是充滿期待的週末

今天是充滿期待的週末
無數腳步趕赴青春的聚會
千萬眼睛追捕神話的天空

我卻囚禁在教室灰暗的角落
沉默的桌面推擠著唉聲嘆氣的教材
蒼白的腦海飄浮著半生不熟的公式

數學英文國文生物化學歷史地理物理
站成一排一排不安的疑問詞
參考書講義教科書測驗卷重點整理
疊成一堆一堆沉重的驚嘆號

抓不住虛幻的未來
僵硬的雙手緊緊握住
乾澀的筆，面無表情
機械式演練
非關愛與夢想
千奇百怪的難題

而歡樂的記憶金色的年華
早已隨童年的氣球隨窗外

陌生的雲朵，愈飄
愈高愈遙遠……

今天是充滿期待的週末

二〇〇一年十一月

（二）在想像王國裡

在想像王國裡
我是無所不能的得意巫師
幻想的魔杖輕輕一揮
功課的重擔變成輕鬆的聚會
分數的競爭變成瘋狂的遊戲
爸媽的嘮叨變成銀鈴的歌聲
師長的責備變成鏗鏘的詩篇

在想像王國裡
我是美夢成真的快樂精靈
回憶的列車緩緩駛近
載回逝去的爺爺奶奶日光般的呵護
載回遠離的童年玩伴清泉似的友誼
載回褪色的青春歲月彩虹似的夢想
載回失蹤的慘綠少年繁星般的靈感

在想像王國裡
我是創造未來的天才
時光的機器加速運轉
飛越世紀茫茫的邊境
飛越地球哭泣的昨日

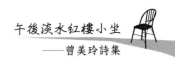

仇恨的陰影被真愛的曙光驅散
戰爭的悲歌被和平的鐘聲覆蓋

二〇〇一年十二月

（二）師生對話

「老師，在這寒流入侵的歲末
星星都躲進黑夜厚厚的被窩
陪伴著我苦讀的，只剩下
桌上那盞忠誠的孤燈！」

「老師，在這苦悶徬徨的青春
雲朵都匆匆踩著流浪的腳步
陪伴著我失眠的，只剩下
手中那杯沉默的熱茶！」

「老師，在這寂寞盛行的地球
人群都碰撞不出知遇的亮光
陪伴著我流淚的，只剩下
床頭那只體貼的枕頭！」

「孩子，讓我輕輕
輕輕告訴你
在生命的漫漫長路上
在現實的驚濤駭浪裏
陪伴著你的，還有
比孤燈忠誠的夢想
比熱茶暖和的回憶
以及，那比枕頭體貼
溫柔，我綿綿長長的祝福啊！」

二〇〇三年十二月

Birthday Party
——給我的學生們

在擠滿歌聲與笑靨
燃燒歡樂的教室裡
蠟燭高舉頑皮的問號
像一隻隱藏魔法的手
鋪陳蛋糕童話的結局

在散佈花訊的廣場上
一群天使，乘著微風

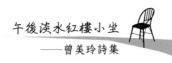

攜帶小太陽金燦燦的心
以天堂的詩歌上帝的祝福
瞬間擊退，年復一年
悄悄入侵身軀佔領靈魂
時間的皺紋白雲的滄桑

而當氣球從藍天繽紛降落
捧著膨脹的幸福滿分的愛
跨越悲傷淹沒烏雲徘徊
荒蕪的大地，親愛的孩子們
今夜我將飛向
遍植陽光與希望
久別的夢鄉

同你們齊聲歡唱
Happy Birthday！

二〇〇六年八月

後記：我的學生為我舉行了一個非常別緻的 Birthday Party，他們的熱情與祝福，令我十分感動，謹以此詩相贈。

重返綠園

——給受靈

騎著時間的飛鳥
返回思念的綠園
穿越熟悉陌生的古老教室
穿越清晰模糊的青春歌聲
俯身打撈流逝的金色年華
仰首諦聽蟬聲般喧嘩
白雲般靜默
十七歲花朵繽紛的願望

彷彿看見當年
偷偷栽植辛勤澆灌
那株懷抱夢想的小樹苗
早已長高茁壯
忠心守護校園的晨昏

而親愛的老友啊
遠赴異國多年
是否和我一樣
收藏著這張泛黃的
青春記憶
在某個勾起鄉愁與感傷
飄掠寂寥的假日午后

將往事與綠園
深情地追憶

二〇〇六年六月

後記：綠園即北一女，受靈是我高中同學，也是最要好的朋友。

衣櫃

夢中打開自己的衣櫃
在分秒催促的時鐘監視下
閃電挑選合意的衣服
不記得趕著上班、開會
探病、赴宴、聆聽重要演講
或者其它種種必要理由
但記得平日默契十足
比伴侶更親密的搭配
變得十分陌生
紛紛退回懷疑的角落

慌亂中打開女兒的衣櫃
費力翻找遺失的春天
恍惚聽見昔日形影不離
鑲著花邊與夢想的衣裳
天真地寒喧問候
像久未謀面的初戀
輕盈舞動陽光
綻放短暫瘋狂永不凋萎
緋紅思念

後來打開媽媽的衣櫃
一股成熟氣味挾帶歲月
芬芳智慧，頻頻點頭示好
向拒絕長大的身軀靈魂

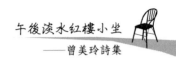

記不得最後穿上
哪一套合意搭配
但清楚看見，穿戴微笑與自信
一隻透明的彩蝶，正奮力舉翅
飛出堆疊層層焦慮
虛構的衣櫃
飛出負載團團迷惑
真實的夢境

二〇〇五年四月

第六輯

一位詩人的畫像

一位詩人的畫像

那年，你還年輕
終日沉浸幻想的城堡
辛勤排演冒險故事
也曾為一顆星星隕落
含淚憑弔青春夭折
夜夜以蒼白的憂鬱
握傷感的筆
餵養維特飢餓的詩行

後來，詩魂長高茁壯
背著親密伴侶

穿越幸福悲傷的幻影
平安降落
真實人間
俯首聆聽大地之呻吟
謙卑體驗眾生的苦難

有一天，你將離去
背著老去的年華
背著不死的詩魂
化作吟唱的青鳥
傾滿腔血淚
獻永生信念
溫暖千千萬萬代
冰封的心

二〇〇六年三月

十字路口

佇立鬧區的十字路口
調整忙碌的腳步
在紅燈黃燈綠燈的明白示意下
隨機器人單調的節奏
穿梭紛亂的生活

徘徊情感的十字路口
沉澱迷失的方向
在愛恨糾纏笑淚交織的陳年故事外
借旁觀者冷靜的角度

忠於真實的自我

流連寫作的十字路口
尋覓靈感的起點
在古典浪漫現代後現代的滾滾煙塵底
拿殉道家無悔的精神
守候單純的願望

躊躇生命的十字路口
摸索真理的終站
在風聲雨聲濃雲霧靄的重重包圍中
憑拓荒者勇敢的意志
衝破現實的迷宮

二〇〇〇年八月

受傷記

在凹凸不平的
碎石子路上
急急趕路
忽然失去重心
失速向前仆倒
一陣劇痛襲擊
赤裸的雙膝
溫熱鮮血流出沉默的
抗議！粗心的我
捧著滿載歉意的眼神

癡癡望著無辜的膝蓋

在人生更凹凸不平的
道路上，跌跌撞撞
強忍著疼痛的折磨
一次又一次，耐心包紮
不斷淌血
傷勢嚴重的心
一邊沖洗悲傷覆蓋的
眼睛，不再年輕的我
總是伸出寫滿悔恨的雙手
撫摸等待癒合
破碎的夢

二〇〇六年七月

永恆的舞步

早晨醒來，踢開夢裡
膨脹的焦慮，游向浴室
陪牙刷暢快交談
匆匆擁抱毛巾親密的叮嚀
走進鏡裡戴上信心的笑容
提起不願服輸的雙腳
出征遠方的朝陽

傍晚歸來，挽著疲累不堪的
夕陽，鎖進廚房

大火炒熟浮沉心海
現實的失意與蒼涼
餵飽虛空的肚子及想像
重返善等待的臥房
自暗處跳出，激動的
靈感，摟著甦醒的靈魂
在夜夜吟唱的稿紙上
一遍復一遍
踩著美麗憂傷
永恆的舞步

二〇〇五年十二月

蠟燭之歌

一根燃燒的蠟燭
無懼現實的風雨
始終挺直細瘦的身軀
掏出滿腔沸騰的血
抒寫一首生命的詩
在冰涼的黑暗中
預言光明

一根燃燒的蠟燭
無視現實的喧囂

永遠保持謙虛的姿態
分分秒秒，默默付出
時時刻刻，無聲奉獻
在絕望的黑暗中
指引希望

一根燃燒的蠟燭
遠離現實的污濁
深深懷想純潔的願望
呵護孤單寂寞的青澀歲月
安慰焦躁困惑的徬徨少年
在摸索的黑暗中
伸出援手

一根燃燒的蠟燭
穿越現實的迷霧
緩緩吐露智慧的光焰
為青春的夢想，塗抹色彩
為想飛的靈魂，插上翅翼
在世紀的黑暗中
追尋真理

二〇〇一年九月

對鏡

春神造訪的清晨
捧著一串串珍珠笑語
玲瓏剔透的夢
獻給知心的你
那一張塗抹陽光與幸福
天使的臉龐
是你慷慨的回贈

冬雨敲打的黃昏
背負一袋袋憂傷嘆息
回到你面前

躲在自憐的角落
以傷感的眼神
蒼白的淚
憑弔凋萎的薔薇與愛

群星歡唱的深夜
握緊一管管智慧的筆桿
穿越虛幻與真實，穿越
昨日的夢境今日之煩憂
看見山仍是山
水仍是水，看見寧靜自在
一個全新的我
融入你澄澈清明的眼波

二〇〇六年二月

後記

我的第一本詩集「船歌」，於一九九五年出版。二〇〇〇年出版第二本詩集「囚禁的陽光」，二〇〇四年曾經出版「曾美玲短詩選」（中英對照），嘗試將自己的部份短詩，譯成英文。詩作中有三分之一選自前兩本詩集，三分之二為二〇〇〇年至二〇〇四年間發表的二十行內的新作。這本詩集「午後淡水紅樓小坐」，收錄二〇〇〇年至二〇〇八年期間在各詩刊、副刊發表的詩，但並未重覆收錄「曾美玲短詩選」裏的詩作。

這八年來，我仍居住在我的故鄉，雲林虎尾，教書、讀書、寫詩，陪著兩個女兒漸漸長大。有時會利用寒、暑假，在國內、外各地旅行，我雖居住在寧靜的小鎮，但藉著廣泛閱讀和旅行，視野不斷地擴大。我研讀前輩作家的作品，也深愛涉獵世界文學與藝術，特別喜愛狄謹蓀、辛波絲卡、聶魯達、馬奎斯、米蘭昆德拉、泰戈爾、川端康成、梵谷和鄧肯。而慷慨賜我創作養料的不只是文學與藝術，我靈感的泉源包括大自然的花草樹木、生長的土地、旅行的風景、關心的世界、親密的家人、可愛的學生以及真誠的朋友。

我將這本詩集分成六輯：第一輯「向日葵」，藉抒寫大自然的景物，對生命與藝術作深入的關照。第一首詩「向日葵」，是在某個忙裡偷閒的午後，陪父母至家鄉附近的向日葵花田賞花，那一排排面向陽光，綻放笑容的花朵瞬間溶化了冰封多時的靈思。詩完成後，參加第一屆「彭邦楨紀念詩獎比賽」，很幸運獲得創作獎。歐亨利的「最後一葉」，應是許多人都非常熟悉的感人短篇故事，但直到二〇〇六年的冬天，我的學生們將它改編成英語話劇，生動的演出才深深啟發了我。

第二輯「旅行」，是我前三本詩集較少抒寫的題材，這幾年女兒漸漸長大，我們全家會利用假日四處旅行，足跡最遠曾至法國。從巴黎到南部的普羅旺斯，四首「遊法詩抄」，為這趟難忘的旅行保留永不褪色的回憶。我個人也很喜歡在國內旅行，特別喜愛搭火車，從小至今，火車載著童年的回憶，濃濃的鄉愁，也載著永恆的憧憬。「搭火車」一詩見證我和火車數十年如家人般密切的情感。

第三輯「讓我們一起去賞雪吧」，延續「囚禁的陽光」中對台灣社會的關懷與反省，並擴大關懷範圍，像「一顆樹的故事」、「一隻流浪狗的獨白」、「孩子，不要怕」等，期盼以詩歌，喚醒深藏每個人心中善良的天性，大家共同來愛護地球，我們永恆的母親。

第四輯「相對論」，也是延續「囚禁的陽光」詩集中自創四行哲理詩。當時詩集出版後，一些詩人朋友和詩評家，來函或寫評論表示特別欣賞此種短小精鍊的表現方式，也鼓勵我繼續開拓此一形式。除原本在「囚禁的陽光」和「曾美玲短詩選」發表的三十六首外，此處共收錄十六首，再度以化繁為簡的技巧，進行實驗。

第五輯「還記得只是昨天的事」，滿載濃濃的愛與思念。其中，「還記得只是昨天的事」一詩，是兩個女兒進入青春期，有感而發之作。當時發表在中華日報副刊，秋水詩刊主編涂靜怡大姐，讀到此詩，特別為我剪報，細心地黏貼白紙上，立刻郵寄給我。那份體貼與情誼，我好感動且永遠都會珍惜。這首詩我曾在二○○四年台北世界詩人大會，自譯成英文，在大會上朗誦，當場一些來自美國、澳洲、巴西等地的詩人朋友，主動向我表示，聆聽我的英文朗誦，深受感動。此輯中的詩作，是要獻給我生命中最重要、也是最關心、支持我的人，包括家人、朋友和學生。在我心中，他們是上帝賜給我最珍貴的禮物。在人生與創作的道路上，我並不孤單。

第六輯「一位詩人的畫像」，是向詩人及所有堅持理想，勇敢接受挑戰的人表達敬意。波蘭女詩人辛波絲卡在獲頒諾貝爾文學獎時曾說：「靈感不是詩人的專利。它會去造訪用愛和想像力經營工作的人。」在我週遭，存在數不完的美好迷人的人、事、物，一如詩。

這本詩集的出版，特別要感謝吳晟老師和蕭蕭老師。兩位老師不但熱心為我寫序，且在詩集出版的細節上，提供許多寶貴意見。這幾年因正心中學新詩社向新榕老師的大力推動「正心虎高新詩大賽」，我也因被邀參與評審工作而很幸運地向吳晟老師和蕭蕭老師學到許多寶貴經驗，內心十分感謝。前輩詩人文曉村老師在我二十多年創作過程中，一路細心的指導和鼓勵，我永遠懷念、珍惜和感激。文老師已於二〇〇七年十二月二十五日辭世，未能目睹此詩集出版，頗感遺憾！最後感謝秀威科技公司為我出版此書，執行編輯賴敬暉先生以及所有參與我的詩集出版工作的朋友們，辛苦你們了。

最後，我想談談「午後淡水紅樓小坐」一詩及書名。師大英語系畢業後，我曾在淡水國中任教一年。那一年，青春的腳步走遍小鎮的大街小巷。後來回到故鄉虎尾教書，但每次到台北，一定去淡水走走，到淡水宛如解鄉愁。我以「午後淡水紅樓小坐」當書名，因為此詩真實呈現我目前的心境。對我而言，旅行和寫作都是迷人的探險。誠如詩中最後三行所言：「當黑暗無聲敲叩，乍見對岸燈火，朵朵綻放。」經由旅行與詩，我從困惑難解的生命迷宮，漸漸走入一個澄明、開闊的人生境界，且敬邀您細細體會。

國家圖書館出版品預行編目

午後淡水紅樓小坐——曾美玲詩集 / 曾美玲著.
-- 一版. -- 臺北市：秀威資訊科技, 2008.07

面； 公分. . -- （語言文學類；PG0183）

ISBN 978-986-221-019-2（平裝）

851.486 97008456

BOD Books on Demand 語言文學類 PG0183

午後淡水紅樓小坐——曾美玲詩集

作 者 / 曾美玲
發 行 人 / 宋政坤
執 行 編 輯 / 賴敬暉
圖 文 排 版 / 郭雅雯
封 面 設 計 / 蔣緒慧
數 位 轉 譯 / 徐真玉 沈裕閔
圖 書 銷 售 / 林怡君
法 律 顧 問 / 毛國樑 律師
出 版 印 製 / 秀威資訊科技股份有限公司
台北市內湖區瑞光路583巷25號1樓
電話：02-2657-9211 傳真：02-2657-9106
E-mail：service@showwe.com.tw
經 銷 商 / 紅螞蟻圖書有限公司
台北市內湖區舊宗路二段121巷28、32號4樓
電話：02-2795-3656 傳真：02-2795-4100
http://www.e-redant.com

2008 年 7 月 BOD 一版
定價： 240 元

讀　者　回　函　卡

感謝您購買本書，為提升服務品質，煩請填寫以下問卷，收到您的寶貴意見後，我們會仔細收藏記錄並回贈紀念品，謝謝！

1.您購買的書名：______________________________

2.您從何得知本書的消息？

□網路書店　□部落格　□資料庫搜尋　□書訊　□電子報　□書店
□平面媒體　□ 朋友推薦　□網站推薦　□其他__________

3.您對本書的評價：(請填代號　1.非常滿意 2.滿意 3.尚可 4.再改進)

封面設計____　版面編排____　內容____　文/譯筆____　價格____

4.讀完書後您覺得：

□很有收獲　□有收獲　□收獲不多　□沒收獲

5.您會推薦本書給朋友嗎？

□會　□不會，為什麼？______________________________

6.其他寶貴的意見：______________________________

____

____

____

讀者基本資料

姓名：____________________　年齡：______　性別：□女　□男

聯絡電話：________________　E-mail：____________________

地址：____

學歷：□高中(含)以下　□高中　□專科學校　□大學
　　　□研究所(含)以上　□其他______________

職業：□製造業　□金融業　□資訊業　□軍警　□傳播業　□自由業
　　　□服務業　□公務員　□教職　□學生　□其他__________

請貼
郵票

To：114

台北市內湖區瑞光路 583 巷 25 號 1 樓

秀威資訊科技股份有限公司　　　收

寄件人姓名：

寄件人地址：□□□

(請沿線對摺寄回,謝謝!)